中　国　民　间　美　术　丛　书

图书在版编目(CIP)数据

民间雕刻 /孙建君编著
一武汉:湖北美术出版社,2000.2
(中国民间美术丛书)
ISBN 7-5394-0951-7

Ⅰ.民...

Ⅱ.孙...

Ⅲ.雕刻—工艺美术—中国

Ⅳ.J305.2

中国版本图书馆 CIP 数据核字(2000)第 03491 号

中国民间美术丛书·民间雕刻

出版发行:湖北美术出版社

地　　址:武汉市武昌黄鹂路 75 号

邮　　编:430077

电　　话:(027)86787105

印　　刷:湖北日报社印刷厂

开　　本:889mm×1194mm　1 /32

印　　张:2.75

印　　数:1—3000 册

2000 年 3 月第 1 版　2000 年 3 月第 1 次印刷

书　　号:ISBN 7-5394-0951-7 /J·859

定　　价:22.00 元

民间雕刻

编著：孙建君

湖北美术出版社

中 国 民 间 美 术 丛 书

李绵璐

　　当今世界教育改革和发展的大趋势中，各国之间在相互交流和学习，相互借鉴和吸取的同时，都在注意一个教育导向问题，也就是说教育要立足并植根于民族传统文化的精华，把发扬民族传统精神、弘扬民族传统文化作为主导性工作方针之一。只有这样，才能奠定新一代公民在价值观念、文化修养、行为规范等方面具有祖国特色的初步根基，帮助他们在民族情感、国家意识上树立起牢靠的精神支柱。历史经验证明，一国教育若能较好发挥传统导向功能，则该国传统文化精华必然代代相传，社会的统一、进步和发展的进程必会顺利。反之，公民中就会产生妄自菲薄、自我否定的消极心态，引起各种消极情绪，这是值得警惕的。

　　我国民族传统文化，积淀了很多精华。在祖国大家庭中的各民族当中产生、流传、发展着的民间美术极其丰富多彩，是我国民族传统文化精华之一，是民族艺术重要的组成部分。有待有识之士去开发，有待于向青年介绍，这就是我们编撰本套丛书的起因和目的。

我们这里谈的民间美术，是指在我国劳动人民生活中发生、发展、流传几千年的美术品，它存在于劳动人民生活的衣、食、住、用、行之中，流传极广，品类繁多。本书介绍的属于人们日常生活中的、节日活动中的两类民间美术品，重点进行深入浅出的艺术分析，图文并茂，具有知识性和欣赏性。

民间美术，反映着劳动人民对生活的感受、爱憎和欲望；贮存着可贵的知识、情感和科学技术，达到很高的成就。对于任何一个民族来说，如果从民族文化中抽去劳动人民所创造的这一部分，它不论在量上、质上都是贫弱可怜的。

本套丛书得到湖北美术出版社大力支持，得到中国工艺美术学会民间工艺美术专业委员会的帮助，在此表示深深的谢意。

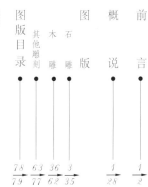

目次

民　间　雕　刻

民

间

概　说

孙建君

　　中国的民间雕刻艺术源远流长，品类繁多，主要有石雕、木雕、砖雕、竹刻、泥塑、角雕、骨刻、葫芦雕刻和果核雕刻等。这些雕刻艺术品大多为无名工匠所作，千百年来伴随着人们的物质生活和精神生活流传至今，表现了我国民间工匠精湛的技艺、巧妙的构思和令人叹服的创造力，被人们誉为"鬼斧神工"，具有很高的艺术价值与历史文化价值。

一、石雕

　　石雕主要是指以花岗岩、大理石、叶蜡石等天然石料，运用圆雕、浮雕、透雕和线刻等技法雕刻的各种形象的艺术欣赏品和实用品。从其用途上看，一是用于建筑的构件和装饰，如台基、柱础、栏杆、门阙、牌坊、石狮、石人、石兽以及拴马桩等；二是为宗教服务的神佛造像；三是供室内陈设的欣赏品和具有实用功能的生活用品，如案头摆件、砚台以及蒜臼、压石等。有人说石雕是刻写在石头上的历史，也有人说石雕是一部宏篇巨制的书，从某种意义上讲，的确如此。中国雕刻艺术的开篇，就是从石雕开始书写的。原始社会的石器，可以说是人类最早的雕刻。在长期的劳动实践中，原始人类逐步创造了石器工具，并在石工具的制作和材料选择上，对适用与美观加以注意。从雕刻造型的意义上说，这些石器虽属实用品，但其性质已接近于雕刻艺术创作。如湖北出土的一件新石器时代的石铲，在蓝灰色的石料上布满了树枝状的浅灰色天然纹理，弧形的铲口与圆形的钻孔十分协调，而这种曲线又与石铲两侧的直线形成对比，具有了形式美的因素。近50年来，在各地商周墓葬出土了大批石制品，除一般的工具外，还有一些石雕人物、动物、乐器和盘壶等。如北京故宫博物院和中国历史博物馆收藏的河南境内出土的商代大理石雕刻的牛头、鸱鸮、坐兽、虎首人身怪兽、虎纹石磬、饕餮纹石皿、石盘等，以及上海博物馆收藏的商代晚期的羊耳夔纹石壶，这些石雕造型生动，用刀简洁豪放，可以看出当时工匠们的雕刻技艺已经达到很高水平。

春秋战国至秦代的石雕，古代史籍中多有记述，只是到目前为止，考古发现的实物较少。据传蜀郡太守李冰修建都江堰时，曾在岷江边上置石雕犀牛以镇水。为此，唐代诗人杜甫曾写有《咏岷江石犀牛诗》云："君见秦时蜀太守，刻石立作三犀牛，自古虽有压胜法，天生江水向东流。"

汉代的石雕十分发达，特别是西汉时期的霍去病墓石雕群和东汉时期的墓室石壁雕刻，令后人叹为观止。汉代石雕按表现方法可分为圆雕和平雕两大类。圆雕往往利用石头的自然形状，略加刻饰，既表现出物体的形象特征，又具有质朴古拙的装饰效果。陕西兴平霍去病墓前的"马踏匈奴"和卧马、卧牛、伏虎、野猪等大型石刻群雕，表现出雄浑的气魄和古朴的风格，是西汉时期石雕艺术的经典之作。河南登封

① **石雕云龙纹望柱**

清代

河北承德

龙，既是神武和力量的象征，又被帝王作为"帝德"和"天威"的标志。《说文》云：龙"能幽能明，能细能巨，能短能长"；能"兴云雨，利万物"，"注雨以济苍生"。《本草纲目》中谓龙"形有九似：头似驼，角似鹿，眼似鬼，耳似牛，项似蛇，腹似蜃，鳞似鲤，爪似鹰，掌似虎；背有八十一鳞具九九阳数，口旁有须髯，颔下有明珠，喉下有逆鳞，头上有博山"。龙的图案在先秦时形象较质朴粗犷，大部分没有肢爪。经历代演变清时龙头毛发横生，出现锯齿形腮，尾部有秋叶形装饰。望柱，亦称兽头柱，古代象征图腾，多立于桥梁与宫殿建筑。

中岳庙与山东曲阜鲁王墓前的石人，四川灌县出土的李冰石雕像与四川雅安高颐墓前的翼兽，以及河南洛阳伊川和陕西咸阳出土的石辟邪，造型简括拙朴，格调豪迈挺拔，标志着汉代雕刻技艺已高度成熟。平雕，即平面浮雕，有平面阴刻、平面阳刻等几种形式。东汉墓室、祠堂等建筑的石壁上盛行这种平面浮雕装饰，内容有历史人物、神仙故事、社会生产和生活等。由于多为浅浮雕，起伏不很明显，因此又被称为"石刻画"或"画像石"。画像石是我国一项丰富的艺术遗产，从汉魏至隋唐一直盛行，山东、河南、四川、江苏、陕西等地都有大量遗物出土。比较著名的有山东嘉祥宋山、济宁两城山、临沂沂南画像石，河南南阳画像石，江苏徐州画像石和陕北绥德画像石等。

三国、两晋、南北朝时期，除佛教造像盛行外，碑塔、窟龛、陵墓石雕也有很高成就。护墓石兽多为天禄（天鹿）、麒麟和辟邪。天禄或麒麟有角，一般立于帝王陵前；辟邪无角有翼，大多立于贵族墓前。魏晋南北朝的建筑装饰，特别是千变万化的佛龛布局和龛楣装饰，充分发挥了这一时期工匠们的聪明才智。在云冈、龙门、巩县、响堂山石窟的装饰雕刻中，从地面到天花，从背光到龛楣无不显示出装饰纹样的富丽多彩。

隋唐时期的石雕，主要表现在建筑装饰和陵墓雕刻两方面。如隋代建筑的安济桥（今河北赵县济河上），全部用石头建造。在桥的石栏板上雕有蛟龙穿岩的形象，刀锋犀利，雕法洗练。佛塔雕刻当属陕西西

② **石雕盘龙立柱(局部**

传世

贵州安顺文庙

龙纹图案的构成，除传统的行龙、云龙外，还有〔蟠〕龙、坐龙、升龙、盘龙等名目。安顺文庙的盘龙石柱〔建〕于明代初年，大成殿和启圣祠的前后廊各有两根。此〔中〕前廊柱，镂空雕刻，特别引人注目，不仅雕出了龙的〔鳞〕鳞一爪，而且把两条对称盘绕的蛟龙刻画得腾云翻滚，生动传神。

石中有形如秋菊的白色晶莹花纹而得名。清乾隆时开始用它作为雕刻材料，制作笔筒、笔洗等文具，清末发展为花屏、桌面等家具的装饰。曲阳石雕产于河北曲阳县，所用料为曲阳所产的优质汉白玉大理石。曲阳素有"石雕之乡"的美誉，相传始于汉代，至清代曲阳汉白玉石雕在宫殿、寺庙、园林及陵墓建筑中被广泛应用。惠安石雕又称惠安青石雕，产于福建南部惠安地区。早在唐宋时期就已有青石雕刻的各种造像装饰于寺塔之上，明清时期惠安石雕以石狮、石人、龙柱闻名。石狮造型威武雄壮，口中含一石珠，石珠在口内可滚动自如，被人们称为"南狮"，别具一格。云南大理石雕产于云南大理地区，始于唐代。其特点是根据大理石的天然纹理和色泽变化设计加工，明清以来以大理石屏心、桌面和石屏著称。

二、木雕

我国木雕有悠久的历史和优良的传统，可惜由于木质材料容易朽蚀，早期的作品保存下来的很少，但从考古发掘中我们还是可以看到古代木雕的精美风采。70年代，曾在浙江余姚河姆渡文化遗址出土了一件距今7000年前的木雕鱼，它长11厘米、宽3.5厘米、厚2.7厘米，形象生动，周身阴刻大小不等的圆涡纹，是我国目前发现的最早的木雕工艺实物。

春秋战国时期，木雕工艺已很发达。河南信阳战国墓曾出土两件木雕，一件是名为"强梁"的守墓神，强梁是一种驱邪的恶神，古代传说它力能吞噬鬼怪，因此匠人们将它雕刻成一个半人半兽、张口吐舌的

④ **石雕鼓形门墩**
清代 北京民居

门墩石原本是为了加固门木柱的石构件，后来渐演变成各种形状的门首必不可少的装饰。宅门前圆形，雕刻成鼓状的门墩被称为石鼓，上面还常雕各种石蹲兽。一般民居的门墩石多呈长方形，以浮或高浮雕手法刻以各类瑞兽、花卉，工艺讲究，造质朴。这件鼓形门墩石，雕刻华丽，上面镂雕的石亦精美异常。

凶暴形象。另一件是联尾兽，有关专家考证可能是一鼓架，雕刻者运用了与守墓神一样的表现手法。在南方楚国，木雕应用更为广泛。湖北江陵战国楚墓中曾出土一件木雕小屏，屏高15厘米、长52厘米，其基座雕饰为屈曲盘结的30多条蟒蛇，屏面透雕用凤和鹿组成的连续纹样，形象生动，十分精巧。长沙战国楚墓中还出土了许多木雕花板，《礼记》中称为"鉴床"，是放在棺内垫尸体用的。有镂空透雕和斜刀平雕等多种，图案花纹与当时的青铜器、漆器基本相同。

汉代的木雕，工艺精良。甘肃武威磨嘴子汉墓中曾出土了木雕的人物、动物俑100余件，这批木俑造型简练概括，形象生动传神，充满浓厚的生活气息。另外，广州龙生岗东汉墓也有木俑、木狗、木梳、木瑟、木船等多种木雕出土。由此可见，当时的工匠已具有相当高的雕刻技巧。

隋唐时期，由于统治者大兴宫殿建筑，各地又广建寺庙，促使木雕工艺得到空前发展。从保存至今的唐代所建山西五台山南禅寺和佛光寺中，我们可以领略当时木雕的琼丽华美。日本奈良"正仓院"藏有中国唐代木雕作品多件，这些作品虽不能代表唐代木雕的全貌，但足以反映出唐代木雕工匠的高超技艺。唐代木雕所使用的木料有紫檀、黄杨、沉香、黑柿、桧、桑、枫等，制作的品种有几、箱、橱、盒、刀柄、香炉柄、乐器、棋局和双陆局等。唐代还有一种木雕工艺品叫"木画"，它是以紫檀、桑木等为地，用黄杨、染色象牙、鹿角等镶嵌出各种图案，观赏效果颇佳。

宋代由于城市经济的发展和各地寺庙盛行，木雕工艺得到普及和提高。除以木雕神像代替洞窟石刻外，在建筑装饰和世俗小品雕刻方面也有长足发展。如北宋闻名的

⑤ 石雕鹭鸶纹鼓形门墩

传

山西运城

"技巧夫人"严氏，能用檀香木雕刻瑞莲山，于龛门中透出五百罗汉及其侍从弟子，得到了"神巧细密、众相悉备"的称誉。

明清时期的木雕工艺多运用于建筑构件装饰和木质家具，尤以小件木雕用品和欣赏品最为丰富多彩。明清两代的寺庙、会馆及一般民居，保留了不少精美的木雕饰件。寺庙建筑装饰木雕，当属明代的福建泉州开元寺大雄宝殿殿檐斗拱以及北京智化寺如来殿叠斗式藻井和隆福寺大殿圆锥式藻井的装饰雕刻。开元寺大殿为明初永乐年间重建，在檐斗上雕有飞天伎乐二十四身，雕刻精美；智化寺如来殿藻井以龙纹为中心，周边雕刻精细的卷草图案；而隆福寺大殿藻井则雕为"西方乐土"的琼楼玉宇，并间以仙山祥云，内外周边雕刻精致的小龛像，上述木雕把整个殿堂衬

托得笙歌飞舞、神彩夺目。会馆及戏楼木雕具有强烈的民间风格与地方特色，比较著名的有清代建造的安徽亳县"大关帝庙"戏楼、四川自贡"西秦会馆"戏楼及河南开封的"山陕甘会馆"等。亳县"大关帝庙"戏楼内部大木透雕三国时有关关羽的故事戏出十八组，配以垂莲、悬狮、鳌鱼等装饰；戏台后壁屏风雕刻二龙戏珠，顶部藻井花纹图案也是玲珑剔透。整个戏台显得堂皇绚丽，气象万千，被当地群众誉为"亳县花戏楼"。自贡"西秦会馆"戏楼木雕装饰主要集中在戏楼的檐柱间，有专家评论认为其内容之丰富，造型之优美，可称集清代建筑装饰雕刻艺术之大成。开封"山陕甘会馆"的钟鼓楼、牌坊和所有殿堂都装饰精美的木雕，从飞禽、走兽到花果、器物，

⑥ 石雕"太师少师"

传世

福建泉州

古代官制，以太师、太傅、太保为三公，少师、少傅、少保为三少，官位显赫。狮旧写作狮，因此人们将大小两只狮子组合在一起，构成图案或造型，称"太师少师"，以此象征官运亨通，代代相传之意。

从人物、神仙故事到吉祥图案，内容丰富，神采各异，具有很高的艺术价值。民居建筑因为地理环境和风俗习惯的不同，呈现出千姿百态，更为各地名工巧匠施展其雕刻才能提供了广阔天地。

明清时期的木质家具雕刻，主要集中表现在椅凳、橱柜、床榻及屏风等方面。如现存的一件明代黄花梨月洞式门罩架子床，此床长247.5厘米、宽187.8厘米、高238厘米，门罩用三扇拼成，连同围子及横楣子均用"攒斗"做成四合云纹，其间再以十字花相连；床身束腰间立短柱，分段嵌装绦环板，浮雕花鸟纹；牙子雕草龙及缠枝花纹；横楣子的牙条雕云鹤纹，图案效果繁华精致，是明代家具中体型高大又综合使用几种雕饰手法的一件佳品。

明清时期的小件木雕有：人物，如神佛、刘海戏蟾、和合二仙、财神、姜太公、钟馗等；文具，如笔筒、砚盒、笔架、臂搁等；匣盒，如用黄杨、紫檀、黄花梨等制成的圆形、长方形、桃形、瓜形、如意形、八角形等各式木盒；文玩佩饰，如石榴、佛手、青狮、白象、香坠等，题材繁多，造型各异，不可胜计。

明清时期的建筑装饰木雕以浙江东阳木雕和广东金漆木雕最为著名。东阳木雕据历史遗留实物考察，已有1000多年的历史。东阳著名的明代建筑肃雍堂，建筑上的木雕极为壮丽。清代乾隆年间，约有400多名匠师进京修缮宫殿、雕制宫灯。现北京故宫、杭州灵隐寺及东阳地区的马上桥、湖头陆、里湖等地的旧建筑上，仍保存不少清代的东阳木雕

⑦ 石雕"太师少师"

传世

福建泉州

古代石雕工匠在长期的艺术实践中，创造出昂首挺胸、收腹起臀、卷发巨眼、张吻施爪、生动稳定的中国式样的狮子形象，整个造型给人以威武挺拔的美感，守卫在寺庙、官署、宅院和陵园的门口，富有强烈的装饰性。

作品。东阳木雕以浮雕技法为主，讲究布局，突出主题，注重情节，特别适宜表现戏曲人物故事题材。广东金漆木雕，简称"金木雕"，用樟木等雕刻，再上漆贴金，特色是金碧辉煌，玲珑别透。表现形式有浮雕、通花透雕和立体通雕，尤以经路通畅、多层次镂空的雕刻为擅长。广东金漆木雕历史悠久，分为潮州和广州两大类型，风格各异。潮州金漆木雕主要用于挂屏、座屏等装饰陈设品，以花鸟鱼蟹为主要题材，刻工细腻。广州地区金漆木雕主要用于建筑装饰，特点是刀法利落，立体感强，适合于高、远的视距欣赏。清代比较著名的木雕还有黄杨木雕、龙眼木雕、树根雕及灯担木雕等。黄杨木雕以浙江乐清和温州最为著称，龙眼木雕则是福建特产。树根雕是利用树根的自然形态，经过雕凿和剪

截，以写实或写意手法雕制而成，具有生动艺术形象的陈设欣赏品。灯担木雕是指旧时江南地区的一种专为人家喜庆宴会流动演出的说唱班子(6至12人不等)演出时坐的形似画舫的小型木雕厢房。为壮观瞻，这种木雕厢房制作备极讲究，诸如挂落、插屏、栏杆、牌楼、窗格等，都施雕刻，内容有龙凤、狮子、人物和花鸟等。有立体雕刻，也有平面浮雕，并加彩饰涂金，色彩灿烂。四周还饰以灯彩，演毕拆卸，可用扁担挑走，故被称为"灯担"。

三、砖雕、竹刻、泥塑及其他雕刻

砖雕，主要是指用凿子和木锤在水磨青砖上钻打雕琢出各种人物、

⑧ **石雕狮子**
高55c
传世 云南剑

云南剑川为白族聚居区，素有"雕刻之乡"美誉，石雕、木雕都很著名。石狮子是当地雕中最常见的一种，因狮子性情威猛，白族人民为它能驱邪辟邪，故大多置于村口、门前或坟的两旁，用以镇宅或墓地风水。至今遍存于剑的石雕狮子，大多为明清时期白族民间艺人雕而成，造型古朴，浑厚粗犷。

花卉、风景、动物、书法等图案的建筑装饰部件，种类有浮雕、透雕和线刻等。

砖雕的历史大约可以追溯到周秦，当时砖瓦已是重要的建筑材料。秦代的砖上盛饰浮雕纹样。陕西咸阳一带曾出土过秦代的空心大砖，上面饰以龙纹、凤纹等浮雕，亦有绘画式的山林狩猎等细线浮雕。不过这些砖雕都是利用阴模压印的。两汉时期常见的砖有两种，一种是铺地的方砖，表面雕刻几何纹或吉祥文字；另一种是建筑物或墓室壁面上的图像砖，即画像砖。画像砖既是建筑结构的一部分，又是一种室内装饰。战国已有生产，秦代得到发展，两汉时期达到鼎盛。表现形式为阴刻线条、阳刻平面、浅浮雕等相结合，一般用木模压制，亦有直接刻在砖上，或再施加色彩。有正方形和长方形等几种，多数为每砖一

个画面，亦有上下分两个画内容有割禾、制盐、采莲、弋射，以及饮宴、歌舞、百戏、车马出巡、神仙故事等。构图富于变化，造型简练生动。画像砖大都发现于四川的东汉墓中，河南和长江中下游地区的南朝墓中也有发现，但常用小砖拼成一个画面，内容多为人物和装饰图案等。后代园林建筑等也用画像砖，大都是浮雕和圆雕的结合。

隋、唐、五代，尤其是隋唐两代宫殿建筑和碑石墓志空前发展，建筑用砖以莲花、葡萄纹最为多见。1978年河南洛阳发现唐代修建的修定寺塔，塔身是用预先设计的花纹图案雕砖连续镶嵌而成(砖系模制涂釉)。图案纹样作如下安排：位于塔檐以下四壁，为一排天幕、华绳、流苏间以莲花，其下则构成为竖菱形，作鱼鳞式排列，每一菱形内的纹样又有多种变化，如人物、动物、花

⑨ 石雕狮

高 50

传世 云南剑

剑川石狮，造型别致，有的神态安详，有的严肃穆，有的仅雕出直立的前腿，后腿与身体连一起，用简约线条把狮子的形象刻画得生动传

卉等。人物中有武士、童子、舞人、胡人、力士和不属于佛教的真人、仙女、魔师等；动物中有象、狮、龙、虎、鞍马等，每一个菱形内的图像都不相同。而这些人物、动物都有繁复的卷云相衬托，形成整个壁面光彩绚丽、灿烂夺目的效果。另外，在塔的南面，有拱形塔门，门左右的护法金刚力士和青龙白虎等，也是雕砖镶成；而在塔的四角，各有一根花砖砌成的立柱。像这样的镶砖花纹塔，在全国范围内还是很少见到的。

宋代的墓砖雕刻较为普遍，这种砖雕技术与以前的模制不同，是直接用砖雕成浮雕或半圆雕的人物，镶在四周墓壁上。中国历史博物馆收藏有河南偃师出土的砖雕4块，所雕题材为妇女厨下劳作，如烹茶、洗涤、剖鱼、梳发等，对于每个人不同的服饰妆扮和动态表情，都有很细致的刻画，雕刻手法简洁，颇富有民间情趣。宋代砖雕艺术较有代表性的是1955年在河南禹县白沙镇出土的几座墓葬，其中一墓室砖壁上雕有墓主人夫妇的浮雕像，所用的桌椅器物也都和人物一样雕出，并凸出墙面，而背后的侍从人物和帷幕等背景陪衬，则是用绘画形式表现。这样，既使凸出的事物给人以真实感，而且对所表现的人物的主从关系也有了明确的交代，使得主体更为突出。墓室后壁上还雕有一个宽阔的双扇假门，门扇半开，浮雕出从门内探身外窥的便装侍女一人，仅露出窈窕的上半身，显得格外动人。这种妇女半启门探身窥视的雕像，是宋元砖雕中多见的世俗化的题材之一。

宋代以后，具有优秀传统的砖雕，在一般民间建筑上仍然很发达。尤以明清两代的砖雕最为精巧，遍及各地，陕西、山西、甘肃、河北、

同富榮无藏金敬題

石雕门狮与八仙人物门柱

传世
福建仙游

不论是建筑物门前的，家具上装饰的，还是案头摆设的，旧时雕刻的狮子多是成对的。一般右边的是雄狮，左边的是雌狮。雄狮左爪下有一个绣球，雌狮右爪下是一个幼狮。作为镇宅驱邪之物，门狮显得威猛，而家具装饰和案头陈设则显得温驯可爱。

江苏以及北京、天津、广东、江西等地保存最多。

竹刻在我国历史久远，主要是指在竹制的文具、楹联、瓶盒、扇骨等上面雕刻各种纹饰。此外，还有一种是用老竹根雕刻的人物或动物形象，多为立体圆雕，也称"竹雕"或"竹根雕"。

现知较早的竹刻实物，是长沙马王堆一号西汉墓出土的髹漆竹勺。勺柄上有浮雕和透雕的龙纹与编辫纹；编辫纹髹红漆，龙身饰黑漆，鳞爪描红，作奔腾状，十分精细。宋·郭若虚在《图画见闻志》中对唐代竹刻有过这样的描述，唐王倚家藏竹笔管，"刻《从军行》一铺，人马毛发，亭台远水，无不精绝。"现藏于日本"正仓院"的唐代竹刻人物花鸟纹尺八可以证实，郭氏之说并不过分。尺八是唐代的一种吹奏乐器，上面用留青之法浅刻仕女、

树木、花草、禽蝶等形象，风格与唐代金银器及石刻线雕相同。元·陶宗仪《辍耕录》中记述南宋竹刻名匠詹成所造鸟笼，"四面花板，皆于竹片上刻成宫室、人物、山水、花木、禽鸟，纤悉俱备，其细若缕，且玲珑活动。"明清时期，竹刻艺术逐渐走向鼎盛，名家辈出，再加上文人墨客的参与和宣扬，因而在江南地区形成金陵和嘉定两个有深远影响的艺术流派。金陵派创始于濮仲谦、李文甫，嘉定派以朱松邻祖孙三人为代表。《骨董琐记》称赞说："苏州濮仲谦水磨竹器如扇骨、酒杯、笔筒、臂搁之类，妙绝一时。""明金陵李文甫善镌章。……制香筒，中雕花鸟竹石。"濮仲谦的遗作故宫博物院收藏有"松枝小壶"、"八仙过海笔筒"等，雕刻极其细致，用刀较浅，随手刻画、不甚用力是其特点。

嘉定竹刻的开山创派人朱松邻，字子鸣，名鹤，他首创嘉定竹刻流派

⑪ **石雕麒麟**
传世
陕西西安

　　古代人们以麒麟为仁兽,据传孔子出生之前,有麒麟在他家院里口吐玉书,因而被看成是降生王侯圣贤的前兆。《拾遗记》记有"麟吐玉书",后又有"天仙送子"一说。民间多以"麒麟送子",寓意早生贵子或子孙贤德。

后，人才辈出，竹刻艺术兴盛发达，被世人称为"竹刻之乡"。嘉定竹刻品种有两类，一类是实用品，如香熏、臂搁、扇骨、笔筒、镇纸和其他文房用品；另一类是艺术欣赏品，如挂屏和竹根圆雕等，内容有人物、花鸟、山水和书法等，往往熔诗、画、篆刻于一炉。技法有深刻、浅刻、透雕、圆雕等。作品造型常采用大胆概括和夸张变形的手法，用刀挺劲有力，简练流畅，构图丰满，风格清新典雅，具有浓郁的地方特色。因料构思，因材施艺，是嘉定竹刻最主要的艺术特点。

我国竹刻主要有留青、翻黄等种类。留青竹刻，是保留竹子表面的一层青筠，勾绘雕刻图案，然后铲去图纹以外的竹青，露出下面的竹肌作地，故名。因为留青是留其表皮一层，所以又名"皮雕"。翻黄竹刻，也叫"贴

黄"、"竹簧"、"反簧"和"文竹"。是将毛竹锯成竹筒，去节去青，留下一层竹黄，经煮、晒、压平，粘贴或镶嵌在木胎、竹片上，然后磨光，再在上面雕刻纹样，内容有人物、山水、花鸟、书法等。翻黄上的雕刻，多在很薄的竹黄表面，故以阴纹浅刻为主，亦有施以薄雕的，色泽光润，类似象牙，相当精美。

泥塑，一般是指用泥塑造的不着颜色的塑像；彩塑，则是表面着有色彩的泥塑。其做法通常是在粘土里掺入少许棉花等纤维，捣匀后捏制成各种形象的泥坯，经阴干，先上粉底，再施彩绘。

泥塑、彩塑在我国历史悠久。做俑殉葬，做佛像膜拜，做"耍货"(玩具)玩赏的民间风俗，是我国泥塑艺术得以发展的主要原因。《史记》中有"帝乙无道，为偶人，谓之天神"的叙述。《战国策》苏秦阻孟尝君入秦故事中有和泥做土偶的记载。宋

24

概说

民间雕刻

⑫ 石雕 "麒麟送子"

高 15cm

传世 甘肃庆阳

代是泥塑艺术的盛期，陆游《得树楼杂钞》卷十载："杭州有孩儿巷，以善塑泥孩儿得名。"宋代玩具被称为"耍货"，这当中泥偶占多数，许多是用泥模磕制的。明代泥人也很盛行，张岱的《陶庵梦忆》里曾提到惠山泥人。清代的泥塑，以江苏苏州、陕西凤翔与天津"泥人张"最为著名。

惠山泥人相传已有400多年历史，早期生产的都是"耍货"。明代万历年间，昆曲流行，无锡惠山开始塑制戏曲人物。清代后期，京戏盛行，丰富了泥塑戏文的内容。惠山泥人逐渐形成粗货、细货之分，粗货是儿童耍货，细货是手捏戏文。清代惠山彩塑最盛，著名艺人有王春林、丁阿金、周阿生等。据传乾隆南巡时曾命王春林做泥孩五盘，很是称意。丁阿金以捏塑昆曲戏文闻名无锡、苏州一带，周阿生则尤擅

塑制神仙故事，当地流传着两句话："要戏文，找阿金；要神仙，找阿生。"著名的"大阿福"是惠山泥人中最具有特色的传统作品。

天津"泥人张"，清代已负盛名，历经四代，有100多年的历史。清·张焘在《津门杂记》中说："城西张姓名长林，字明山，以捏塑世其家，向所捏戏曲人物、各班角色形象逼真，早已远近闻名。西洋人曾以重价购之，置诸博物院中，供人玩赏，而为人做小像，尤其长技也。"张明山是泥人张第一代，他的作品写实性强；张玉亭是第二代，善于从动态中塑造人物，他创作的许多传神佳作，曾参加国际展览，被授予金奖；泥人张第三代张景祜，在技法上继承了前两代的优秀传统，毕生创作颇丰。

明清时期，宗教造像彩塑十分普及，现存山西平遥双林寺的天王、力士、十八罗汉，云南筇竹寺的五百罗汉塑像，陕西蓝田水陆庵的塑壁，都

石雕力士
高约500cm
河北 正定

是典型之作。

　　葫芦雕刻。葫芦的谐音是"福禄"，古时人们认为葫芦可以驱灾辟邪，因此清代时葫芦雕刻已在民间流行，尤以甘肃兰州刻葫芦和北京、河北的葫芦器(又称"匏器")最为著名。兰州刻葫芦选用的葫芦，是经过精心培植的优异品种，它的成型奇特而别致，大的如鸡蛋，小的似圆珠，皮质细润而光滑。每当成熟采摘后，经过刮皮、晒干、磨光等加工处理，尤见光亮圆润。艺人们在葫芦上进行设计，施展各种针法、刀法等技艺，用针刻出的图案线条细润如发丝，书法小如纤芥；用刀刻出的葫芦，刀法自如，既有金石的镌刻趣味，又有书画的笔墨情趣，风格古雅而奇拙，主要内容为山水、人物、花草、鸟兽以及诗文等。有的葫芦，开口雕花，有的配以盖和底座，还有串连悬挂的。山东聊城的葫芦雕刻也很著名，流传到北京、天津、济南等地。

　　果核雕刻，是以桃核、杏核、橄榄核等为材料，雕刻成精美的工艺品，以其体小艺精难能可贵，被世人称誉为"鬼工神技"。核雕艺

⑭ **石雕"三阳开泰"栏杆**
清代
广东广州陈家祠堂

　　《周易》云："正月为泰卦。"《书经·洪范》疏："正月为春，木位也，三阳已生。"泰为吉祥之意，三阳生于下，冬去春来，阴消阳长，有吉亨之象。羊在民间被视为吉祥之物。葫民间绘画、剪纸和雕刻中，利用羊与"阳"同音，绘刻三只绵羊，以示三阳已生，寓意新的一年吉祥安泰，又称"三阳交泰"。

⑮ **石雕"狮子滚绣球"栏杆**
清代
广东广州陈家祠堂

　　狮子滚绣球，民间传说有多种，一说绣球是一颗大珍珠，狮子玩它是为了镇定自己的神经；一说绣球里包着一只幼狮，俗传雌雄二狮嬉戏时，它们的毛缠在一起，滚而成球，小狮子便从其中产生。有人分析此说可能是性爱的隐喻。民间的石狮多显温驯，活泼可爱而富于情趣。

术早在明代初期就已达到很高的水平。明代的《核舟记》散文，记述了当时一位手工艺家王叔远在不足一寸的桃核上雕刻"东坡游赤壁"情景。山东潍坊核雕约始于清末，1915年在美国旧金山举行的太平洋万国巴拿马博览会上获奖。江苏吴县舟山橄榄核雕，闻名江南，工刻罗汉念珠。橄榄亦名"谏果"，也作青果，产于闽粤，其质比桃核细润坚密，表面无蜂窝状褶襞，宜作深雕细刻。雕成后，以立油或核心擦拭，光泽莹润如琥珀。

历史悠久、技艺精湛的各种雕刻艺术，是我国传统艺术的重要组成部分。在历史的发展演变过程中，它们有的从实用转为欣赏，有的从民间走向宫廷；然而石雕、木雕、砖雕、泥彩塑等则更多地流行在民间，具有浓郁的生活和乡土气息。研究、收藏和介绍这些传统的雕刻艺术品，对于学习和弘扬优秀的传统文化，可以说是一项十分必要的基础性工作。

⑯ **石雕狮子柱础**
传世
四川成都

柱础是建筑物柱子下的垫石，用来防止柱身受潮，并将柱身的负荷分布于地下的较大面积。现存的古代建筑柱础遗物有古镜、鼓形、须弥座等样式，并刻有龙凤、狮子、卷草、仰复莲、云水纹等花饰，极富装饰趣味。

⑰ **石雕猴子蒜臼**

　　　高 12cm

传世　山西平遥

　　猴子为常见的攀援动物，性好动。古典小说《西游记》塑造了美猴王
孙悟空后，更被人们认为是精巧灵活的象征。猴与"侯"同音，又被人们选
择为加官封侯、步步高升的象征。民间日常生活用具蒜臼上雕刻一只猴子，
既被用来当作把手，又表达了人们的愿望。

⑱ **石雕老虎压石**

长、宽 22cm　高 8cm

清代　山西平遥

　　虎，力大凶猛，《说文解字》谓其为"山兽之君"。民间视其为神
兽，借其威武勇猛而镇邪驱恶。《风俗通义》云："虎者，阳物，百兽
之长也，能执搏挫锐，噬食鬼魅。"汉唐时曾画虎于门禳灾辟邪。后世
雕刻石虎，立于门前以镇宅；或雕刻在家具什物上以辟邪。

34

⑲ **石雕人物压石**

长 20cm　宽 16cm　高 8cm

清代　山西介休

　　压石，山西太谷、平遥一带农村妇女用来压平展做鞋
底或鞋帮用的布袼褙的一种石雕。其形如印玺，下为长方
形或方形扁平石板，上有形似印钮状的圆雕人物、动物和
花卉等。通体用一块石头雕成，而形似印钮状的立体雕刻
是用作移动的把手，有些呈现镂空的雕刻，还可以用来穿
绳系带，拴住在炕上爬耍的娃娃。

⑳ **石雕戏猫少女压石**

长 25cm　宽 20cm　高 9cm

清代　山西平遥

　　在民间，人们创造了许多具有实用价值的艺术品，这些用来压平布袼褙的石雕就是非常有代表性的一种。在民间艺人看来，它们只是极普通的生活用品，然而平凡与普通之中蕴含着对美的追求与创造。那些作为把手的雕刻最能体现民间艺人的匠心与高超技艺，如这块充满生活情趣的"戏猫少女"压石，表现了艺人细致的观察力和对表现对象的深刻把握。

① **木雕张天师**

高 40cm

传世　甘肃庆阳

　　张天师为东汉五斗米道创始人张陵，又名张道陵。沛国丰(今江苏丰县)人。入太学，通达五经。汉明帝时任巴郡江州(今重庆)令，顺帝时于鹄鸣山(今四川大邑县境)修道。永和六年(141)作道书二十四篇，自称"太清玄元"，创立道派，凡入道者纳米五斗，故称五斗米道。后被道教徒尊为天师并神化，在民间也倍受尊崇。教人悔过奉道，用符水咒法治病。《西游记》中称其为护卫玉皇灵霄殿的四位天师之一。

㉒ **彩绘木雕龙头柱饰**

传世

山西大同　云冈石窟

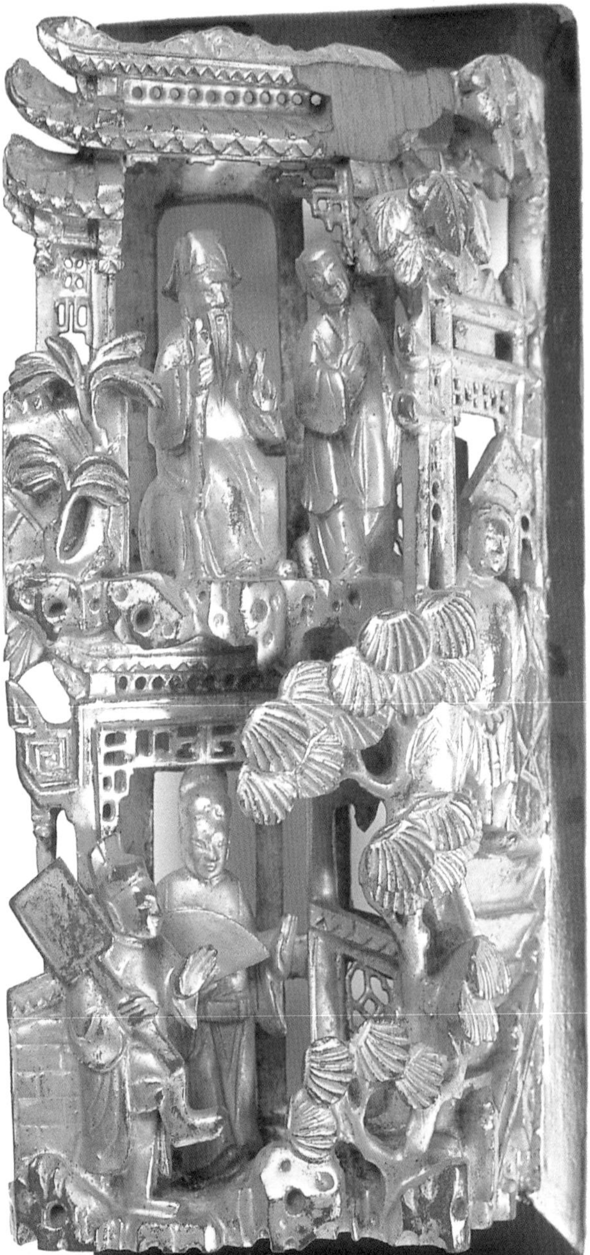

㉓ 金漆木雕戏曲人物床饰

24cm × 10cm

传世 广东广州

　　金漆木雕是闽、粤等地家具装饰的主要手法之一，也称金木雕。系用樟木雕刻，再上漆贴金，形成金碧辉煌的效果，具有技艺精湛、图案优美繁复的特点。以浮雕或透雕方式刻成各种人物故事，戏文传说作为家具或民居装饰，使木雕成为一部生动的图书，永远上演的戏出。

㉔ 金漆木雕花鸟纹床饰

16cm × 31.5cm

传世 广东广州

　　民间艺人常将木雕花纹称为"花样"，可见在他们的心目中，千变万化的雕花是有其特定的样式可循的。不同的题材与不同的雕刻手法，被巧妙而适当地运用在不同材料、不同部位的装饰上，使得单一的木雕并不单调，而是千姿百态，各放异彩。

㉕ **木雕"婴戏图"床饰**

高 28cm

清代 江西

"婴戏"是中国绘画、雕刻的传统题材之一，取其"多子多
福"、"多生贵子"的寓意。而民间艺人往往能在这类题材中选
择不同的生活侧面，创造出千差万别、丰富多彩的各类作品。这
幅木雕"婴戏图"刻画的似乎是儿童们在春节社火游行活动中
欢呼跳跃的场面，表现了儿童活泼可爱的情态。

㉖ **金漆木雕"天仙送子"床饰**

高 20cm

清代 江西

　　《魏书·帝纪》载：武帝"尝田于山泽，忽见辒辌自天而下，中一美妇人，自称天女，受命相偶，旦日请还，期年复会于此。及期，帝先至，果复相见。天女以所生男授帝曰：此君之子也，当世为王。言讫而去。即世祖神元皇帝也。"民间据此神话，常在年画、剪纸、雕刻中表现一仙女，衣装华丽，后有侍女相随，仙女怀中抱一幼儿，象征此家主人之子长大后必定富贵，成为栋梁之材。

㉗ **金漆木雕
"举鼎" 窗饰**
74cm×43cm
清代 江西

在床榻、箱柜、门
窗等容易看到的部位
用木雕装饰，色彩的
处理服从整个家具或
建筑装修的需要，或
金漆，或朱漆，甚至保
持木质的本色，实中
有虚，多样统一。在给
定的空间中错落有致
地排列如此众多、生
动传神的人物形象，
能做到前后有序而不
呆板，这正是民间雕
刻艺人创作程式的高
明之处。

㉘ **金漆木雕
神仙人物柜饰**
107cm×78cm
清代 广东汕头

中国的吉祥图
案源远流长，具有深
厚的文化内涵。它产
生于民间，为社会各
阶层所接受，经过数
百年来的不断创造
和发展，内容和表现
形式愈加丰富多彩。
运用木雕表现吉祥
图案和寓意，充分体
现了劳动人民的艺
术创造力和想像力。

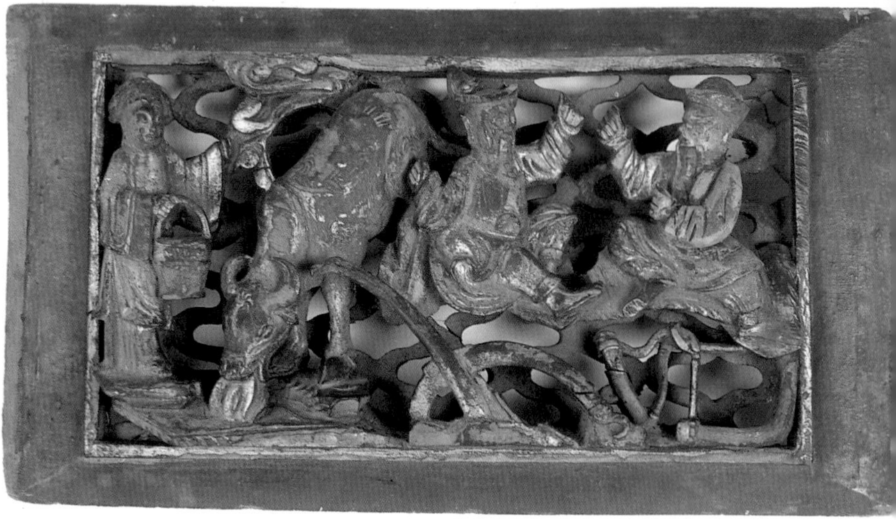

(29) **金漆木雕戏曲人物床饰**

14.5cm × 27cm

清代 江西

③⓪ **木雕博古纹长窗**

传世

福建福州某民居

  《铁围山丛谈》记载，宋代画家李公麟，将其所收藏或见到过的古器物画成图形，并加说明，谓之《考古图》。徽宗大观初年，又有画工仿照李公麟作《宣和殿博古图》。从此，凡图绘文物形状的中国画，或以古代器物形象组成的装饰图案，均称"博古图"。此长窗雕刻回纹与古代青铜器造型，显然起着标示住宅主人身份与文化素养的作用。

㉛ 彩绘木雕龙纹雀替

清代

福建永定

雀替是我国传统建筑中枋与柱相交处的扶座。从柱头部分挑出承托其上之枋，借以减少枋的跨度，并起到加固构件和装饰的作用。此处金漆彩绘木雕云龙纹雀替，雕刻精彩生动，体现了闽南木雕艺术的风格特色。

㉜ 彩绘木雕 "狮子滚绣球" 撑栱

传世

四川成都青羊宫

木雕与彩绘，是民居装饰的主要手法，各地都有多有特色的作品。四川成都青羊宫的金漆彩绘木雕梁与撑栱，是较有特点的建筑装饰，集雕刻、彩绘、髹等工艺于一体，艳丽中不失沉稳，精巧中不损庄重，有很强的地方特色。

③ 木雕狮子撑栱
高 60cm
清代 安徽歙县

34 木雕 "麒麟送子" 香插
高 20cm
清代 山西

35 木雕戏曲人物香筒
高 48c
传世 江

㊱ **木雕
"八仙庆寿" 月饼模**
直径 25cm
传世 山西平遥

　　农历八月十五中秋节吃月饼,是全国各地都流行的一种风俗。《帝京景物略》云:"八月
五祭月,其祭果饼必圆……于月所出方,向月供而躬。"明·沈榜《宛署杂记·民风》"八月
月饼"注:"士庶家俱以是月造面饼相遗,大小不等,呼为月饼。"月饼象征团圆,中秋用的
饼模大都雕刻成圆形,大小不一,花样很多。中间多雕刻月宫、嫦娥、福禄寿三星、八仙庆
兔子捣药等图案;外环饰以各种花纹,有暗八仙、缠枝花、八宝、云纹、龙纹等。

㊲ **木雕
"龙凤呈祥" 月饼模**
直径30cm
传世 山西襄汾

　　饼模是民间用来制作糕饼的各种印模，一般用梨木、枣木等雕
刻而成，流行于全国各地，由于风俗习尚的不同，造型、纹样各异。
过去的糕点，大都是用模子磕出外形后再加蒸烤而成。饼模的样式
和纹样十分丰富，如龙凤喜饼模、鸳鸯饼模、"天官赐福"饼模，桃
形、狮子形、鱼形等饼模以及中秋用的月饼模等。

38 木雕傩堂戏开山面具

高 28cn

传世 贵州德江

　　傩堂戏在贵州又叫傩坛
戏和傩愿戏，主要流传于黔
东、黔北和黔南一带的土家
族、苗族、布依族、侗族、仡
佬族和汉族中。傩堂戏面具一
般用柳木或白杨木制作，白杨
木质轻而不易开裂，柳木在民
间是辟邪之物，民间艺人用它
制作面具，显然带有求取吉祥
之意。开山将军是傩堂戏中一
位富于传奇色彩的镇妖猛将，
艺人以直立的双角和狰狞的
獠牙突出其威猛，以炯炯有神
的眼睛和烈焰般的眉毛表现
其嫉恶如仇的性格。

木雕傩堂戏土地面具

高28cm

传世 贵州黔东

　　傩堂戏面具制作工艺较为复杂，雕刻也较精细。艺人往往有范本参照，能毫不走样地将其摹刻出来。土地是傩堂正戏《梁山土地》中的主角，本来姓肖名雄进。他出身卑微，在肖员外家当长工，劳作在梁山上。他的农事技术好、吃苦耐劳，因而年年丰收，可是他却没有一丁自己的一寸土地。"虚空"见他勤劳善良，精于耕作，就封为梁山土地神。演出时，表演者戴着造型和蔼可亲的面具，以拐杖、蒲扇、牛等为道具，艺术地再现了从破土、播种、施肥到护秋、狩猎和收割等生产过程，气氛热烈欢快。

㊵ **彩绘木雕傩戏开山神面具**

高 25cm

传世 广西桂林

　　傩戏是从古代傩祭活动中脱胎和演变出来的一种具有浓厚宗教色彩的戏剧艺术。面具表演与祭祀功能作为傩戏艺术造型的重要手段与主要特征，具有广泛的文化学意义和特殊的研究价值。傩戏面具造型各异，多数角色都有鲜明的形象特征，色彩凝重古朴，诡奇生动。

㊶ **彩绘木雕毛南戏面具**
高 32cm
传世 广西环江

　　毛南戏又称师公戏，面具角色有十来个，如雷公、土地、三元、社王、蒙大老爷、三界公爷等，由擅长雕刻艺术的毛南族工匠用木料雕刻、彩绘而成。毛南族师公假面的亮相，主要在农历五月的"分龙节"，也叫"庙节"。这个节祭的功能是祭神保禾苗，此时师公要身穿法衣、戴面具，击腰鼓，舞蹈演唱，场面十分热闹。

㊷ **彩绘木雕朝鲜族面具**

高 35cm

传世 吉林延边

⑷ **木雕彝族巫师面具**

高 24cm

传世 云南楚雄

　　面具，古称倛、象、魌头，又称假面、代面和大面；在民间则叫脸壳、脸子或鬼脸。考古学和文化人类学研究表明，世界上绝大多数民族，在摇篮时期都曾产生过面具。早期的面具一般用于丧葬与驱邪仪式或原始乐舞之中。中国是世界上面具历史最悠久、品类最丰富的国家之一。在古代典籍中，有许多关于面具的记载。在考古发掘中，也时有面具出土。现在民间仍有大量面具流传，遍及全国大多数民族和地区。

(44) **彩绘木雕
地戏韩擒虎面具**

高 31cm

清代 贵州安顺

地戏是流行于贵州省
安顺地区的古老戏曲剧
种，因演出不用戏台和后
台，而在村野旷地间进行
故名。地戏的表演形式较
为古朴，演员头顶脸子(面
具)，面罩青纱，背插小旗
手执刀、枪等短小兵器，在
铿锵的锣鼓伴奏中相互呼
和，舞蹈扑打，热烈粗犷
人们欣赏地戏表演，也欣
赏面具造型。

(45) **彩绘木雕
地戏康龙面具**

高 32cm

传世 贵州安顺

地戏面具当地人称为
"脸子"，一般都连头盔一
起雕刻，手法夸张，刻工精
巧，神采逼人。脸子用丁香
或白杨木制作，质地耐久
隔四五十年上一次颜色
日晒水煮均不裂口，有的
面具能保存数百年之久。
一堂地戏脸子的数目，视
剧中人物多少而定，少则
几十面，多则上百面，人
物形貌与性格特征鲜明
突出。

㊻ **彩绘木雕**
华雄、黄盖面具

高 32cm

传世 贵州安顺

　　武将在地戏中占有极其重要的地位，不但有正派将军和反派将军，而且有文将、武将、少将、老将和女将之分。武将面具的共同特点是十分重视头盔和耳翅的雕刻。头盔一般以龙、凤作装饰，也有用大鹏、白虎、蝙蝠、蝴蝶、喜鹊、鲤鱼和花鸟作装饰的，耳翅多以龙、凤和各种吉祥花草作为装饰图案。在雕刻技法上，浅浮雕和镂空雕相结合，色彩绚丽，金碧辉煌，充分体现了农民的审美趣味和欣赏习惯。面部雕刻则要求简洁明快，轮廓分明，造型既写实又有所夸张。

47 **彩绘木偶头雕刻**
青面雷公
高7cm
福建泉州

中国的木偶源于原始社会的俑。周代以木刻的偶人作为殉葬的俑，后又有人仿照俑的形态制成傀儡，以为祭祀的偶像。刻木为偶，以偶作戏，传说产生于汉代的丧葬演乐，以后又进入人世宴会。木偶戏在古代称傀儡戏，近代人们一般称为木偶戏，有提线木偶、杖头木偶和布袋木偶等表演形式，几乎遍及全国各地，木偶头雕刻也各具特色。此两件木偶为福建泉州著名老艺人江加走的遗作。

彩绘木偶头雕刻
红大花
高7cm
福建泉州

旧时泉州木偶头花面的脸谱不多，只有一个"白奸"，一个"包拯"头，其他的都是黑色、白色和红色三种。泉州木偶头发展为多种多样的花面脸谱，是从江加走开始的。他吸取京剧脸谱的表现形式，结合木偶头的雕刻特点，又参考民间进香时王爷二十四班头(鬼头，由人化装，画有花脸)和木偶神像王爷的"花头"，加以融汇变化，而成为今天泉州风格独特的木偶花面脸谱。

62

　　角雕是利用牛、羊角料的温润光泽、浓重色彩，经过雕刻、烧磨等工艺做成的日用品和工艺品。其作品朴质典雅，古色古香。尤其在西南边远地区，人们用它制成的各种实用品，工精艺美，富有浓郁的地方特色。

砖雕鱼尾

传世
福建永定

砖雕主要用于装饰宅居、庭院的门楼、照壁，以及墙的墀头和裙肩等部位。内容多取自戏曲故事、花鸟禽兽、吉祥图案和书法等。技法有浮雕、透雕和线刻，风格秀丽清新，造型细致生动。鱼尾亦称"鸱尾"，是古代建筑屋脊上的饰物。据古籍记载，汉代宫殿多火灾，于是有术者说，可用鱼尾星之象以禳之。由此，这种屋脊上的具有辟邪作用的装饰被广泛应用。

63

砖雕鸱吻螭首小兽

清代
北京某园林建筑

鸱吻、螭首、小兽都是我国古代建筑屋脊上的装饰物。《事物纪原》卷八引吴处厚《清箱杂记》云："海有鱼，虬尾似鸱，用以喷浪则降雨。汉柏梁台灾，越巫上压胜之法。起建章宫，设鸱鱼之像于屋脊，以压火灾，即今世鸱吻是也。"鸱吻又称"蚩吻"。螭，传说中的一种动物，蛟龙之类。古代建筑屋脊、碑额、殿柱、殿阶上常塑刻螭首形的花饰。小兽是古代建筑瓦屋顶的四角创脊上安排的一排动物瓦件，称为小兽或走兽，宋代称蹲兽。一般建筑上每排三五只不等，重要的建筑上可达九只之多。

砖雕门楼(局部)
清代
安徽歙县

㊽ **砖雕**
"狮子滚绣球"墙头装饰
清代
北京某民居

　　北京民居宅院的墙头，因特殊的营造方式，四季光照不同，夏季常处于浓荫之下，而冬季则光照充分，春秋又处于柔和的侧光之中，使得砖雕图案更显得自然和谐，而且分外醒目。此件砖雕是墙头装饰中的精品之一，它选择"狮子滚绣球"吉祥图案，运用三层透雕的方式，集线刻、浮雕、镂空等手法于一体，在规则的范围里营造出生动的气氛，显示出装饰手法的匠心独具与处理方式的精细巧妙。

66

㉟ **骑马腾云武士砖雕**
明代

⑤⑥ 灰塑
"狮子滚绣球"门楣装饰
传世
福建福州某民居

　　灰塑又称"灰批"，闽粤
地区传统建筑装饰手法之一。
作法是用石灰在建筑物上进
行雕塑造型。表现形式有多
层次立体灰塑、浮雕式灰塑
和圆雕式单体灰塑等。主要
应用在门额、山墙、屋檐、瓦
脊、牌坊等上面，内容有山
水、花卉、鸟兽、人物等。

⑤⑦ **砖雕灰塑**
戏曲人物屋脊装饰
清代
广东广州陈家祠堂

　　陈家祠堂又称陈氏书院，位于广
州市中山八路。该祠堂建于清光绪十六
年（1890），整个祠堂上下内外都有木
雕、石雕、砖雕、灰塑、陶塑和铸铁工
艺等装饰，建筑布局严整，气势雄伟。
祠堂屋脊高度异常，起伏变化也较大，
砖雕结合灰塑，屋脊上布满了形神兼备
的各种人物和动物造型，雕塑精细、色
彩华丽，具有一种独特的艺术情趣，充
分体现广东地方的建筑装饰特点。

58

竹刻仕女人物笔筒

高14cm

传世 上海

59 **竹刻对弈图笔筒**

高13cm

传世 上海

㊞ **彩塑戏曲人物蒋平脸谱**

高 8cm

北京 李质轩作

　　彩塑，中国传统雕塑之
一，指表面着有彩色妆銮的
各种塑像。彩塑以捏、塑、
贴、压、削、刻等传统泥塑
技法塑形，用点、染、刷、涂、
描等方法上彩，润饰皮肤，
体现质感，唐代称其为"塑
容绘质"。我国著名的彩塑
如敦煌莫高窟的菩萨、山西
大同的辽塑和太原晋祠的官
女，以及无锡的惠山泥人和
天津泥人张等，各具特色。

㊞ **彩塑自在观音（局部）**

高 750cm 宽 1570cm

河北 正定

㊞ **彩塑戏曲人物贾贵脸谱**

高 8cm

北京 李质轩作

⑥ 彩塑《钟馗嫁妹》

高约40cm

传世 天津张玉亭作

"钟馗嫁妹"的传说在民间十分流行。传说钟馗有个同乡好友杜平，为人乐善好施，馈赠银两资助钟馗赴试。钟馗因面貌丑陋而被皇帝免去状元，一怒之下，撞阶而死。与他一同应试的杜平将其隆重安葬。钟馗被玉帝封为"驱魔帝君"后，为报答杜平的恩义，将妹妹嫁给了杜平。"钟馗嫁妹"作为古代戏曲和绘画、雕塑的一个重要题材，受到人们的普遍欢迎。此组彩塑为天津"泥人张"第二代传人张玉亭的力作，人物塑造惟妙惟肖，神态各异，生动逼真，令人叹为观止。

64 彩塑《钟馗嫁妹》(局部)

66 面塑《十五贯

高 10c

湖北武汉 汤有益

传统戏曲故事。民女苏戍娟因闻父亲戏言将其卖得十五贯钱，愤
出走。途中与熊友兰相遇，恰熊携钱十五贯去营救蒙冤兄弟。窃贼娄
鼠夜入苏家，为戍娟父发觉，娄杀人取钱而逃。官府缉凶，误逮熊与
娟，问成死罪。太守况钟心存疑问，乃扮成卖卜人下乡私访。娄阿鼠
人心虚，问卜于况。况见其形迹鬼祟，诘得真相，将其捉拿归案。友
戍娟之冤始得昭雪。面塑表现的正是娄阿鼠向况问卜，被况钟察探真
时的场景，人物塑造生动传神。

65 面塑《苏武牧羊》

高 10cm

湖北武汉汤有益作

《苏武牧羊》为传统戏曲故事。汉代苏武持节赴北方诸部族宣慰，被匈奴劫持，迫
其在北海边放羊。汉朝廷与匈奴交涉，匈奴谎称苏武已死。后苏武修书，缚于南飞鸿
雁之足，为汉所得，乃向匈奴索还苏武。苏武在匈奴 19 年，坚持民族气节，终得归
汉。许多民间雕塑都表现了这一题材，表达了人们对这位民族使节的崇敬与热爱。

目图
录版

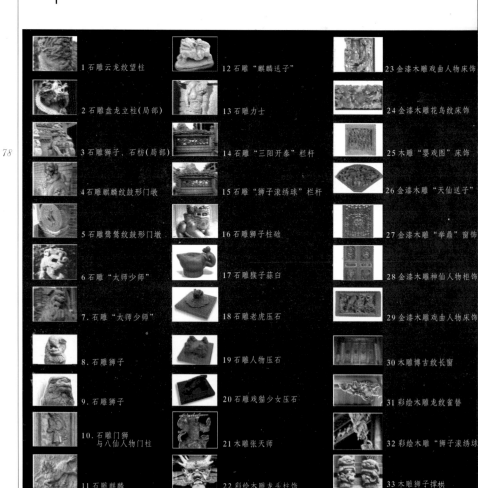

	民
主编：李绵璐　编著：孙建君	
责任编辑：查加伍 韩荣刚 蔡慧荣	间
终审：张　咏	雕
装帧设计：杨　蕾 王子源	刻
监制：李国新	